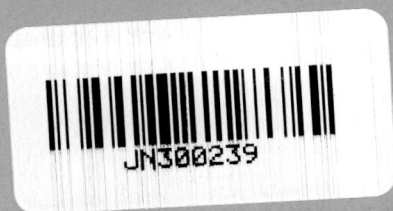

詩集

滲《しん》心《しん》抄《しょう》

旭　雅昭

文芸社

目　次

詩　集

滲心抄
しん　しん　しょう

かなしいのは
つらいけれど
このかなしみを
感じている時だけは
清いこころで
いられるような
気がする

2006.4.12

私には
何もない
それが
いいんだ
何もないから
宇宙が入ってくる
世界が入ってくる
真空のように
なんにもないから
全てが
きゅうっと
しみ込んでくる

2006.5.3

無名であることの
うつくしさよ
その
こころの　いちずさよ
無名のままに
こころをつくせ
秘めた　こころを
つくせ

2006.5.12

潮騒の
島に咲く
うすももいろの
春の
花
風に
小揺れする
可憐さよ
ああ
花になりたい
風になりたい

2006.5.26

ひたすらに
ふる
しずかな雨は
なみだのように
こころにしみて
しんと
かなしみを　つつむ

ちいさい
命たちが
葉かげで　そっと
その雨の露を
のんでいる

2006.6.23

すべてがあっても
何も無い
なんにも　なくても
何かが
ある
こころの不思議
銀河の
ひみつ……

2006.9.22

まがった道ばかり　歩いて
わたしは
いったい　何処《どこ》へ
着けるでしょう……

でも
あの青い夜空の星に
たどり着くには
まっすぐ行ったんじゃ
だめなような
気もする

2006.10.10

あおい秋
あかい秋……
もっと
もっと
体のすみずみまで
いっぱいいっぱいに
呼吸したいのに
秋は
すずしげに
空の
どこかに　いる……
わたしは
もう
風になるしか
ない

2006.10.20

秋は
かなしみやなみだや
多くのものを
呼吸して
澄明に　なった
青く青く　すきとおった空々の
冷気の中に
それらは
ちいさい水晶っ子のように
いっぱいに
ぎゅんと結晶し
あるとき
その　はざまから
はらりと
木《こ》の葉が
舞いおりる

2006.10.27

ちいさな　いのちが
こころの中に
ぽっと
生まれる

さびしい　夕闇に
ひとつ
ぽおっと
あかりが
ともる

2006.12.29

ながれる風の
しろい
砂丘は
きょうは
うめきを忘れ
やさしく
うすい眉を
ひいている

ひとりの
さびしい旅人が
われた
べに貝や　かさ貝などを
そっと拾っているのを
しずかに
見守るように
砂丘は
きょうは
風の衣を
ゆらしている

2007.1.6

星さん
あなたは
どれくらいとおくに　いるの？
わたしの　こころでも
届かないぐらい
とおいの？

2007.2.1

わたしの
荒れた　こころに
花の種を
まこう
たんぽぽのような
ほのかな
あどけない花の咲く
ちいさな種を
きょうも
まこう

2007.2.5

いちにちに
ひと針ずつ
ぬえると　いいな
少しずつ
少しずつ
色のちがう糸で

2007.2.10

だれにも
語れないことが
多くなった
細かな
思いのひだは
ことばに
なりきらないものも　多く
じいっと
ちいさな　こころに
かかえているより　ほかに
どうしようも
なくなった

2007.3.7

わたしの
ちいさい　こころよ
どうして
そんなに　くるしむのだ
そのつらさは
もう
お前の容量を
こえているよ

春の風に
すべてを
さらしたら　どうか？

2007.3.12

ひかりよ
明るさよ
きみは　知っているか？

きみが
闇に
暗さに
支えられていることを

2007.4.6

ちいさい　いのちに
学びたい
ほそい　ほそい
透明な　いのちに
学びたい
傷つき
痛む　こころに
学びたい

2007.4.13

どんよりとした
ものうい雨の日も
その雨の
ひとつぶ
ひとつぶは
きらきら
かがやいている
まるで
現実の中での
ひとり
ひとりの
いのちと
こころの　ようだ

2007.6.14

作品を
創りつづけて
いこう
そうすれば
何歩か先に
いつも
秘密が
まっていてくれる
これまで
誰も
のぞいたことのないような
秘密のひみつが……

2007.6.22

ど〜んよりと　曇った日
いのちたちの
充実の
深まる
たいせつな日

2007.6.29

ひと知れず
ちいさい　いのちが
生まれ
ひと知れず
ちいさい　いのちが
去っていく

この明滅の
深さは
私を
かろうじて
かなしみの淵《ふち》の岸辺に
立ち止まらせて
くれる

2007.7.24

自分の持ちものは
悩みだけ
ちいさい　こころを痛め
いっしょう懸命
ちいさい　いのちを　燃やして
悩んだ
悩んだ……

とうといじゃないか
いじらしいじゃないか

2007.7.25

こころの中に
ぽっかりと
大きい穴が　あいても
いいんだろうな
きっと

それを　埋めようとして
あくせくするより
その穴んぼに
風が　とおるほうが
ゆたか
なのかも　しれない

2007.7.26

聞こえぬ音を
し〜ぃんと聴く
見えないものを
じ〜っと観る
無いものに
そお〜っと　ゆびを触れる……

ちいさく
よわく
かそけきもののうちに
秘められた
可憐な
いのち

2007.8.21

わたしは

雲

大空に　うかぶ

ぽっかり

白い

ちいさい

雲

風に吹かれながら

風といっしょに

かくれた自分の思いや

世界のすみっこで

そっと　なみだしている人の

ことなどを

ひとつ

ひとつ

たしかに

感じたい

2007.9.19

弱っちい　いのちの
わたしよ
弱くても
弱くても　いいが
ねじれるなよ
そのちいさいこころに
じっと
秘めた思いは　あるか？
なみだと
そよ風の
こころの湖《うみ》に
じっと　決意した思いは
あるか？

2007.9.26

いのちの
ひとりごと
誰の耳にも　聞こえない

銀河に向かって
語られた
その　ひとりごとは
今も
真空の風にのって
しずかに
星間をゆくだろう

2007.10.4

しずかな　心に
しんしんと
ふりそそいで
くるもの
純白の　雪のように
かろやかに
そして
ここちよい重さを　ともなって
こんこんと
ふりつもってくるもの……
そういうものが
そういうものだけが
わたしの
この　荒れた胸に
なにか
新たな　うつくしいものを
そっと
芽生えさせて
くれる

2007.10.5

こころの
陰影の
濃淡の
しずかな
たたずまいに
目が
とどかなくなったら
この世界から
多くの
うつくしさと
あたたかい　なみだは
失われて
しまうだろう

2007.10.14

なみだが
いっぱいに　充ちた　こころは
おとなしく　していても
すぐに
わかる
落ち葉にも
ちいさい虫たちにも
さっと
こころが
なびくから

2007.10.24

月は　ひとり……

結晶したような　しずかな光と
ささやくような
ちいさな　ことばを
わたしの
胸へ
おくってくる

『元気？
さびしくないよ
わたしが
いますよ』

月も　ひとり……

2007.10.25

きのう
いっぽんの　たんぽぽを
見た
たよりなく伸びた茎に
かたむいた花が
ひとつ……
都心の道路わき
走る
車輪と
急ぐ
足ばかりの
中
10月末の
人しれぬ
ちいさな
ちいさな
お日さま

2007.10.31

かなしい時は
自分は
前を向いて　かなしもう
なきたい時も
前を向いて
なみだ　しよう
それが
わたしにできる
精いっぱいの
こと
耐えるのでなく
受けとめ
受けいれる
こと
胸いっぱい
いっぱいに……

2007.11.2

秋の夕暮れは
わたしを
こころに　する
ちいさな
いのちとして
生きようと　決意し
歩む
たよりない
足どり

秋は
夕やみで
わたしを
つつむ

2007.11.2

木《こ》の葉の上をころがる
露の玉のような
仕事を
しよう……
朝の光に
きらきら　輝かなくても
いい
深夜に
ちいさく月の影を宿し
風の葉ゆれに
右へ左へ
ころころ　ころがり
時に
こぼれ落ちても
いいじゃないか
人知れず
大地に
小さな　にじみを
つくるのだもの……

2007.11.13

小さいから
だめなのでは　ない
弱いから
だめなのでは　ない
できないから
だめなのでは　ない……

いのち
こんこん
こころ
りんりん

2007.11.20

わたしは
ちいさな　旅人と
なろう
落ち葉のような
ちいさな
旅人……
月と語り
風とつれ立つ
質素な
旅人

2007.11.29

いのちは
かなしみや　つらさを
だまって
包み　秘めている
だから
うつくしい

創作は
その秘められたものへ
ささやくように
語りかける
そして
それらの思いやなみだが
しずかに　しずかに
結晶するのを
そっと
見まもる

2007.12.31

しずかに
にじみ
ひろがっていく　わが
拙《つたな》い　思いよ
かなしいひとに
とどけ
辛いひとに
とどけ……

2008.1.8

ちいさな

あかりを

ぽおっと

ともしている

いのちの

ひとつ

ひとつ……

しあわせの

風よ

吹け

2008.1.28

それぞれに
深く
もの思いに　ふけっている姿は
ひとの
うつくしさでは
ないかな……
その　しずかな姿は
まるで
深夜の
じっと　ひそめる
銀河の
星のようだ

2008.1.28

冬の
晴れた早朝は
いいな
ぴりっとして
大気も澄んで……
こころの中の中まで
きらきらと
ちっこい　霜柱で
つんつん
いっぱいに
充ちてるようだ

2008.1.31

こころの中の

ちいさな

花よ

つぼみを　つけて　いるか？

花芽は

育って　いるか？

ほほえみと

あたたかい　なみだを

養分にして

元気に　育て

2008.2.1

みぞれが

降る

みぞれが

降る

雪になりきれない　みぞれが

降る

雨になりきれない

みぞれが

降る……

わたしの

こころのように

2008.2.26

細くて
細くて
もう
すきとおって　しまうしか
ないもの
かそけくて
かそけくて
もう
耳には届かず
胸で感じるしか
ないもの
この騒々しい現実に
いたたまれず
そっと　次元のはざまに
姿を
かくしてしまうもの

2008.3.1

いつの日か
どこかの
だれかに
届けたいという
悲願

胸ふかく
秘めた　思い

作品は
その　とおい彼方から
生まれて
くる

2008.3.2

ひとの
こころは
いつも
揺れている
こころというのは
どうも
揺れることによって　こそ
存在できているものの
ようだ
その揺れの中を
ひとつ　貫くような
１本の糸
ほそく　ほそく
靭《つよ》く
やわらかい
とうめいな糸……

2008.3.3

雪は
みずからの
いとおしい　結晶を
くずしながらも
こんこんと
ふりつもって
いく

かつて
翼のもげた
鳥のような
結晶を
たくさん
観た

2008.3.4

さびしさは
空のかなたへ
吸われよ
あの　すきとおった青の
空は
さびしさに
ふさわしい

不器用な　わたしの
ちぢかんだ
心を離れて
さびしさよ
のびのびと　空を舞い
あの
青い青い世界に
吸われよ

2008.3.9

わたしの
幼い　なみだは
凍ってしまって
今はもう
永久凍土のようだ

そんな
死んだような　なみだは
あたたかい　なみだに　よってしか
溶けることが
できない　らしい

2008.3.13

ちっぽけで
いいじゃないか
不器用で
ありがたいじゃないか
ひとを
大切に　しすぎて
こわれてしまう関係は
これも
本当なのだと
しずかに
受け入れて
いこう

しあわせになってね
しあわせになってねと
ねがいながら

2008.3.24

いざ
ノートを前にすると
隠れてしまう　ことばが
たくさん
ある

画用紙を前にすると
見えなくなる線が
たくさん
ある

いざ
ひとを前にすると
かすんでしまう　こころが
たくさん
ある

2008.3.25

ほんとに
ほんとに
ちいさな　明かりで
いい
きょう　いちにちが
生きて　いけるだけの
ちいさな
ちいさな
明かりで
いいのだ

2008.3.27

なんにも
わかっていない自分が
濃霧の中に
ぽっかりと
浮かびあがって
くる
そして
その後ろには
影が　ある
頭の大きな
まっ黒い影だ
その中には
わからなさが
いっぱい　いっぱいに
つまって　いる
その影は
大きい口を開《あ》けて
笑っている

2008.4.9

だれのものでも
ない
ひとの
いのちは
そして
ひとの
こころは……
だれのものでもない
自分のものでもない
それは
世界であり
宇宙であり
銀河で
あるからだ

2008.4.11

ちいさな泡が
ひとつ
ぽかんと
浮かんで　くるとき
いのちや
こころや
銀河の　ひみつを
感じるのです

2008.4.17

さわやかな
香りが
外へ
静かに　ひろがるような
うつくしい
にじみが
まわりへ
ひかえめに　ひろがるような
そんな世界は
いいなあ

2008.5.19

ちいさい　いのちは
たいせつに　しないと
すぐに
死んで　しまう
ほんの　ちょっと
指先で　おさえただけで
なくなってしまう　いのちだって
たくさん
あるのだ
その　弱さと
やわらかさに
わたしは　驚き
そして
かなしい……
いとおしく
かなしい……
わたしの　こころも
死んで　しまいそうだ

2008.5.29

うつくしさと
かなしみは
表裏一体に
なっている
かなしみを失ったものは
ただの
きれいでしか
ない

2008.5.30

心よ
晴れよ
この
深く　おおった霧よ
澄明な
水滴に
結露せよ
そのつぶの　ひとつ　ひとつが
わが　表現の
ちいさな
木《こ》の葉と
なるように

2008.6.12

かなしみの結晶した
ガラスの器よ
そっと
指を触れるだけで
きいいぃ〜んと
澄んだ
音《ね》をたてる
わが
みだれた　こころの
奥の
奥の　奥へ
とどく　さびしさで
ある

2008.6.14

さびしい思いを
じいっとかかえている　いのちは
その
こころの　底に
きっと
うつくしいものを
秘めている

2008.7.16

大きな
大きな
もっと　もっと
大きな
あきらめを
もとう
そして
自分の
ちいさな　欲心を　こえて
大きな
あきらめの中から
芽生えてくる
あたたかいものを
可憐に
そだてたい

2008.7.19

ぽつん
ぽつん　と
日付が　とぶことの
せつなさよ
そのぬけた日の
何も
記さなかった思いは
いかばかり　だったか……

その空白が
書かれたものより
もっと
深い響きを
宿していることが
ある

2008.8.8

にじみは

ゆらぎ

しつかな

しつかな

ひびき

やさしい　心に　よってしか

なし得ない

大切な

大切な

おこない

2008.8.22

辛さという　メスで
切開された　こころは
創造への　芽を
伸ばすだろうか……

血よりも
もっと　もっと　赤い
切り口は
宇宙の　次元の
裂け目の　ようでも
ある
そこから　未知の粒子が
生まれたように
こころの
深い傷口から
何かが
生まれぬはずは
ないのだ

2008.9.4

むらさきの
ちいさな
花よ
青く青く　かがやけ
この風の中
わたしも
憂《うれ》いを
飛ばす

2008.9.9

わが
心の傷よ
切開せよ
ふかく
深く
切開せよ
そして
真っ赤な血液と
鮮烈な創意を
吹き出せ

2008.9.9

秋は……

秋は
もう
ふかい
大気が
しんとして
胸の中を
とおる

2008.10.20

おおくの
いのちたちは
知っている
ささやかで
あることが
どれだけ
大切なもので
あるかを……

すべての　いのち
すべての
こころに
関われるのは
ささやかな
ものだけ

そのささやかな
うつくしさと
秘めし
ふかい思いを

求め

つづけよ

そして

その　こころを

胸のうちに

そっと

生かし　つづけよ

2008.10.9

目よ
こころよ
わたしよ
何を見ている？
どこを見ている？
どこまで
見ている？

2008.10.27

かなしく
かなしく
かなしく
さびしく
さびしく
さびしい思いを
胸いっぱいに
つめて
生きていこうと
決心しました
その中でこそ
はじめて
ささやかな　うれしさや
ほほえみの
ちいさな　蕾が
ひらくと
思えたからです
そして
そう信じた
からです

2008.10.31

かなしみが
いっぱい
あれば　あるほど
さみしさが
いっぱい
あれば　あるほど
こころは
柔らかく
多くのこと
多くのいのちに
向きあえる　はずなのだ
ほんとうの
かなしみと
ほんとうの
さみしさが
充ちて
ちょっぴりの
あたたかい　なみだが
にじんで
いれば……

2008.11.1

とおい

とおい

とおい　時代に

とおい

とおい

とおい　所に

暮らしする　方々《かたがた》へ

わたしは

この拙《つたな》い思いを

おくります

この貧しい　こころに

ぽっと　ともった

おさない明かりを

せつせつと

おくります

2008.11.1

ほんとうに
うつくしいものは
好き嫌いの
中から
生まれてくるのでは
ない
そんな大切なことに
今まで
無頓着で
いたとは……

2008.11.1

可憐に
ひらく
花の種子は
どこにある？

土の中
そして
そして
こころの中

2008.11.11

花々は
一心《いっしん》に
清らに　咲くけれど
ひとの　こころは
自分の
かなしい　よごれに
気づいたとき
そっと
ひらく　ようです

2008.11.11

澄みきった
創作への思いは
天空に
ゆれる
いちまいの
木《こ》の葉の
こころ

2008.11.13

こんな　自分でも
こんな　自分でも
つらくても
つらくても
生きとおして
いくのだ
人なみにも　なれず
不器用で
いたらぬ自分の
真実は
そっと　ひとりで
かかえて　いけば
いい……
深い思いと
素粒子と
次元の結晶のような
この
いのちだもの

2008.11.18

晩秋の
どんより　曇った日は
さびしいものだ
花や
葉っぱや
生きものたちも
きっと
こんな日は
じっと　しているだろう
わたしも
じっと　していよう

2008.11.27

陽の　ひかりを受けた
紅葉《もみじ》のあかさは
彼岸のものだ
ふかいふかいなみだが
そっと
それに応《こた》える

2008.12.3

あの結晶は
どこへ
消えたろうか
とうめいで
いくらか青緑を帯びた
結晶の
赤ちゃんだったが……

2009.1.20

この　よいやみの中
ぽっかりと
こころが
浮かぶ

あおや　みどりや
あかや　むらさきや
だいだいいろの
こころ
そして
それらの光が
じわんと溶けあった
無数の
こころ

みんな　みんな
ちいさな
明かり
いのち　いのちと
こころ　こころの
ちいさな
明かり

2009.1.16

いつか
だれかを
待って　いた……
とおい記憶の
彼方
あたたかかった
時を
信じて……

あの野《の》良《ら》たちは
わたしと　おんなじだ
ひとりぼっちの
いのち
じいっと　忍んで
生きている
心に
ぽっかりと　穴んぼのような
ちいさい
明かりを
ともして……

2009.1.22

卒業せよ
卒業せよ
あれも
これも
都合のいいことも
都合のよくないことも……

そして
まっさらな
創意の　赤ん坊として
誕生せよ

2009.1.30

やはり　そうだったな
ひとの
こころの
奥の方には
ふかぶかと
さびしさと　いうものが
秘められて
いる……
見すごしては
いけない
うかつで　あっては
いけない

2009.2.2

日常は

原石で　ある

人が生み出す

一切《いっさい》のものの

貴重な

貴重な

原石で　ある

2009.3.19

偉大で　ないことの
なんと
うつくしい　ことよ
なみだ
ひとつぶの
なんと　かなしく
いとおしい　ことよ
荒《すさ》み
騒然たる　日々のうちに
見すごされて
しまうものの
なんと
可憐で
いのち　充ちたる
ことよ

2009.3.30

風に
乗り
さくらの花が
散りました
花びらは
いちめん　川《かわ》面《も》にうかび
はるばる　流れて
いきました
あとから　あとから
流れて
いきました
とうとうと　流れゆく　その景は
さながら
夜空に　なびく
とおい　とおい
銀河のようで
ありました

2009.4.13

うた人の
口が開《あ》かなく
なったとき
心は
どんどん
大きくなって　いきました
どんどん　どんどん
ふくらんだ　心が
体　いっぱいに　なって
とうとう
耐えきれなく　なったとき
ぽっと
口がひらいて
花びらが
いちまい
そっと　舞い出て
風にのって　いきました

2009.4.13

あめ……
あめは
だま〜って
こころあるもののように
降る
ものみなの
いっさいを　ぬらすべく
いっしんに
降る
その思いは
わたしの　なみだと
とけ合う
わたしの
こころは
ふかく　ふかく　ぬれる

2009.4.25

一人で
生きているわけでは
決して
ないが
独りであることを
痛切に感じるとき
わたしの
こころの　蕾は
固く　固く
なるのです……

わたしの
一切《いっさい》をかけた
その　ちいさな　蕾は
いつ
ほころび
ひらくのでしょう？

窮屈な　時空に
とじ込められたように
こごえて
います

ほそい　ほそい
か弱い糸のような
いのちよ

2009.5.1

かなしき思いは
とおい
思い
こころの　奥深くに　沈んだ
とおい
とおい
思い
おさなき　からの
かぞえきれない　かなしみが
ちいさな　泡となって
こころの
ずうっと奥に
沈んでいる
やさしい　青みを　帯びて
しずかに
しずかに
しずんでいる

こころを　こえて
はるかな
はるかな　奥に
しずんでいる

2009.5.6

自分の道？
そんな
ことさらなものなんて
ありはしないけれど
まわりの
ごちゃごちゃした　現実の中で
野中の
すずやかな
一滴の
露のような
ぷるぷると　ふるう
ひとつの
まあるい
いのちでありたいと
思う

2009.5.18

どこかに
さびしい　生きものが　あれば
そばへ　行って
わたしも　さびしいのだよと
いっしょに
いてやりたい

2009.5.20

いのちを見つめて
こころを
見つめて
わたしは
たどたどしく
生きて
います
かなしみと
さびしさに充ちた
こころと
いのちの
わたしです
ほのかな　いのちの
わたしです

2009.5.27

ゆれるものが
いっぱい　あって
かなしいものが
いっぱい
あって
ほのかな　なみだと
ほほえみが
ちょっぴり　あって
日々は
それで
いいのかも
しれません

2009.6.26

うぶ毛が
ゆらぐような
かすかな
かすかな
もののうちに
重大なものが
ひそんで
いる……

これを感じること
それを感じること

うつくしさも
かなしみも
いのちも
こころも

宇宙も
銀河も
そのようにして
そっと
秘められて
いる

2009.6.7

夜の銀河を
たましひの
逝《ゆ》くが
ごとく
ほたる　とぶ
ほたる　とぶ
わが　いのちも
かくに
ありたし

2009.6.30

風に

あかちゃんの　うぶ毛が

ゆれた

あかちゃんが　わらった

おくちから

あぶくが　ひとつ

ぽわん

ちょうちょが

それを見つけて

おいかけた

あぶくは

たんぽぽの

まあるい　わた毛に

なった

2009.7

こころの
ほんとうに　深いところは
誰にも
語れないのだな
どんなに
さびしくとも
どんなに
かなしくとも……
どうやら　それは
ひとの本質の　ひとつで
あるらしい

これまでの
無数の時代
幾億人もの人びとが
この星の　いたる所で

ほんとうに
ほんとうに大切なことを
ふかく胸に秘めたまま
時には
自分自身に向かってさえ
語れないままに
しずかに
この世を去っていったに
ちがいない

2009.7.17

この星の
かなしみは
年々に　深くつもりて
海を　おおい
地を　おおい
空を　おおうに　ちがいない

風よ
さわやかな風よ
吹け
無心に
拙劣《せつれつ》に
幼く　吹け
そして
厖大《ぼうだい》な　なみだの　しずくを
その内に　含め

固く固く鋭利となった　かなしみを
溶かし
なぐさめ
新たなものに
生まれかわらせることができるのは
そなただけ

こころを吹け
いのちを吹け
風よ
銀河を吹け

2009.7.28

ああ
こうして　秋も
だんだんと
つのって　いくんだな……
わたしが
目前のことに
あたふたしている間に
秋は
どんどん　進んで
わたしの　手の届かない所へ
行ってしまうんだ　いつも
そして
わたしだけが　ひとり
なみだのように
ぽつんと
残る

2009.9.4

この秋は
わたしに
枯れ葉のこころを持てと
教える
さびしさを
こえて
青空を舞えと
言う
虫くいと病《やまい》の跡を
のこしながら
それ故にこそ生まれた
無尽の色彩を帯びる
紅葉《こうよう》の
想いを
秘めよと
秋は　教える

2009.9.25

彼岸花　赤し
ひがんばな　赤し
わが下宿の敷地に
彼岸花
10も
20も
赤し……
あれは　父
あれは　母
あれは　藤田さん
あれは　平井さん
多くの逝《ゆ》かれし　たましいの
うつくしさに
心を　はせる

彼岸花　赤し
ひがんばな
赤し
すずめたちも　きょうは
その根もとに
つどう……

2009.9.22

とお～いものは
いいなあ
自分を
しずかに
しずかに
正直に　させてくれる
隠された
自分の　いっさいが
くっきりと
うかびあがるようだ

2009.10.13

きょうの空は
なんと
青いのだろう
きっと　あのあたりには
氷の
ちいさい結晶が
きんきん
宙を舞い
すきとおった風が
しゅん　しゅん
吹いて
いるんだ

2009.10.27

何もわからないままに
生きることを
決意す
何も
わからないままに
堂々と
かつ
ある程度ささやかに
生きとおすことを
深く
深く
決意す

2009.11.19

すこし　さびしい……
それが　ほんとうの
姿なのかも
しれない
ひとは
こころに
そういう　やわらかな
かげりを
もっていることが
きっと
大切なのだと
思うように
なりました

2009.11.20

きらきら　ひかる
かなしみの　こころは
まるで
ダイヤモンド　ダストだ

氷点下も
20度を超えると
水蒸気が凍《い》てて
きらきら
ひかりはじめると
いう
それは
わたしの
かなしみの姿
そのものじゃ　ないか

かなしみというのは

こころの

凍《こお》った

結晶なのだろうか

かなしみが

どこか

うつくしいのは

そのせいだろうか

2009.12.24

ちいさな　春の芽よ
わが
貧しき　心のうちに
めばえよ
ひとりぼっちの
厳冬の
闇の中なれば

2010.1.17

余白には
宇宙の
場としての感覚と
真空の
深さが
ある
そこから
何が生まれてくるのか
誰にも
わからない不可思議が
ある
何かを生む
場でもあり
何かを
深々と
沈めこむ次元でも
ある

ひとの　こころは
余白

2010.2.1

ことばに　ならないもの
うたに　ならないもの
なみだに　ならないもの
思い出すことも
考えることも
できないもの
感覚にも　かからないもの
そういうものが
わたしの中にも
いっぱい
充ちているとしたら……

2010.2.3

ないものは
ないものは
ないものは
あるんだな
そして
あるものは
あるものは
あるものは
ないんだな

2010.2.3

行くところが　なくなったら
前を向いて
さまよえば　いい

消えた　ともし火は
また
ともせば　いい

天地は
苛《か》酷《こく》さも　やさしさも
かくすことなく
わたしの　まわりに
充ち充ちて
いる

わたしは

なみだしながら

ほほえみながら

たどたどしくも

その中を

１歩１歩

あるくのだ

2010.2.21

つゆの
しずくが
しだいに　大きくなって
ぽつん
と
落ちた

（わたしは　そういう日々を　生きよう）

静かに
ふくらむ
いのちの　しずくは
澄明に
きらきらと
世界を映して
うつくしい

2010.2.9

生きていれば
さびしいことが
どんどん
ふえる
でも
そのさびしさから
さびしい花しか　咲かないとは
限らない
しみじみとした
可憐な花が
ひらくかも
しれんじゃないか

2010.3.11

自信がなくても
堂々と
していれば　いい
大きな顔も　せず
卑屈にも
ならず
謙虚に
堂々としていれば
いい
大切なのは
その内に
いのちとしての創意を
秘めて
いること

2010.3.14

こおりついた　こころの
とがった
先端が
すこうし　とけかけて
うるんだように
なったところから
歌が
生まれ
詩が
誕《う》まれる

2010.4.6

さびしさと　かなしみを
さわやかに　呼吸しながら
人知れず
なみだの深海を
泳ぐ　金魚たち
こころは
思いいっぱいに充ち
その思いを　どうにかしたいと
精一杯に
尾ひれを　ふります
　ああ　でも
　水が重い……
ちいさい　ひれは
風に舞う　うす衣《ぎぬ》のように
たよりなくゆれるだけ
進まぬ体を
けんめいにふるわせながら
金魚たちは　思い極まり
ぷかっと　ひとつ
あぶくを吐《は》くのです

その無数のあぶくは

なみだをかき分けるように

右へ左へ傾きながら

上へのぼっていきます

黒曜石《こくようせき》のような息づまる深海から

かすかに

群青《ぐんじょう》の光がゆれる

世界へ向かって

上へ上へとのぼっていきます

そして　ようやく海面へ至ったあぶくは

ぶん　と

しゃぼん玉のように　はじけ

ぱあっと

金魚たちの秘めた思いを

気圏《きけん》へ　はなつのです

ちいさいいのちたちの

とおくとおく

はるかに銀河を希求《ききゅう》する

せつせつたる

創意の思いを……　　2010.3.16

あとがき

この『滲心抄《しんしんしょう》』は「にじむ心の抄」という意味で名づけました。書の墨のにじみ、水彩の色のにじみはうつくしいものです。紙面への広がりとともに、紙の奥の世界への浸透という深さも合わせもつものです。芸術が物理の次元を含んでいる姿とも感じられます。声高《こわだか》でなく、心があたたかくうつくしくにじんでいくことは、いのちの存在においては、とても大切なことと私には思われるのです。

この詩集の詩には題名がありません。未だ不完全性を残したままの、動きを内在している裸んぼの詩たちです。ここ数年の間に書きつづったノートの中から抄出したもので、その時々の思いを自分に向かって語りかけた、ひとり言のような素朴な詩たちです。

気が向いた折に、所々、ひろい読みしていただけたなら幸いです。

この詩集の出版計画が進んでいるさ中にこの

たびの大震災が発生しました。

あまりにも多くの方々が亡くなり、また傷つき、苦しんでおられます。その被災の大きさと深さに私には発することばもなく、ただただ頭を垂れるばかりです。私の目と心は、日々のその報道に釘づけになっております。

そんな中での出版は、どういう意味をもつのか……？　去来《きょらい》するさまざまな思いの中で、私はこれを偶然ととらえてはいけないのだと考えるようになりました。こんなちっぽけな詩集ですが、これらのささやかな詩たちのどれかひとつでもが、苦しんでおられる方の胸に届き、何かを感じていただけることもあるかもしれないのだと思い至り、気持ちを強くして、出版に臨むことにいたしました。

被災された皆々様、そして辛い思いを抱いておられる方々へ、この詩集を通して、拙《つたな》いながらも、私の心をおくります。

2011年３月31日

著者記す

著者プロフィール

旭 雅昭（あさひ まさあき）

1949年、福井県美山町（現・福井市）生まれ。
愛知県の大学・大学院で日本文学を学ぶ。
その後、高等学校の講師を続け、現在に至る。
その間、表現の基礎と創作の基礎について、考察を続ける。
児童館にて創作教室を開く。
著書に、絵本『ねこのミーニャはお母さん』（2008年・文芸社ビジュアルアート刊）がある。

詩集　滲心抄《しんしんしょう》

2011年7月15日　初版第1刷発行

著　者　旭 雅昭
発行者　瓜谷 綱延
発行所　株式会社文芸社
〒160-0022　東京都新宿区新宿1－10－1
電話　03-5369-3060（編集）
03-5369-2299（販売）

印刷所　株式会社エーヴィスシステムズ

ISBN978-4-286-10483-6